TRAGASUEÑOS

Michael Ende   Annegert Fuchshuber

Traducción de Herminia Dauer

Editorial **EJ** Juventud

Provença, 101 – 08029 Barcelona

En Dormilandia, lo principal para todo el mundo es el dormir. Por eso se llama así el país. Y no es lo más importante cuántas horas pueda uno llegar a dormir, sino lo bien que las duerma. Porque existe una diferencia entre dormir y dormir bien. En opinión de los dormilandeses, quien duerme bien es de carácter amable y tiene la cabeza clara. Por eso nombran rey a quien más profundamente logre dormir.

Hubo allí una vez un rey y una reina que tenían una hija llamada Dormilina. Es un nombre muy bonito, ¿no? Y la princesita era también una niña muy bonita. Todo el que la veía tenía que reconocerlo. Dormilina vivía con sus padres en el palacio de los Sueños y dormía entre sábanas blanquísimas en un gigantesco lecho con dosel.

Sin embargo, la princesita Dormilina nunca quería acostarse, llegada la noche, y cada vez encontraba nuevas excusas para permanecer levantada un ratito más. La verdad es que tenía miedo de la noche. ¿Y por qué? Pues porque con frecuencia tenía sueños muy feos. Eso ya es malo para las personas mayores, y peor aún para los niños, pero para una princesita llamada Dormilina y que vive en Dormilandia es terrible.

—¡Parece mentira! —decía la gente, y movía preocupada la cabeza.

El rey y la reina estaban cada día más intranquilos, y por eso no dormían como hubiesen debido. Y la pequeña princesa se veía cada vez más pálida y delgada.

–¿Qué podemos hacer? –suspiraba la reina–. Solo nos queda confiar en que esos malos sueños no se repitan.

Pero las pesadillas se repetían una y otra vez. Entonces, el rey mandó llamar a todos los médicos y profesores del país, que rodearon la gran cama de la princesita, conversaron en latín y acabaron por recetar un montón de medicamentos.

Mas nada aliviaba a la pobre niña. En vista de ello, el rey envió mensajeros a todos los demás países, para que allí preguntasen a los viejos pastores y a las herbolarias, a los campesinos y a los marineros. Pero nadie supo qué decir.

Finalmente, el rey hizo pegar carteles en todas partes y poner anuncios en todos los periódicos, prometiendo una gran recompensa a quien lograse librar a su hija de las horribles pesadillas. Pero nadie se presentó.

—¡Ya estoy harto! —dijo el rey un día—. ¡Yo mismo iré en busca del remedio!

—¡Sí, hazlo! —asintió la reina, y en seguida se puso a plancharle la ropa de viaje, que no se ponía desde hacía mucho tiempo.

Además le llenó de provisiones una mochila. Así equipado, el rey partió.

Preguntaba a todas las personas que encontraba: revisores de tren y bomberos, maestros de escuela y obreros de fábrica, taxistas y verduleras, inuits y vaqueros, niños africanos y viejos sabios chinos, pero no hubo nadie que conociese un remedio contra los malos sueños.

Al final, el rey estaba rendido y muy desanimado.
Ya no sabía adónde ir. Y no quería volver a casa sin
haber solucionado nada. Por lo tanto, siguió anda y
que andarás, sin fijarse en el camino. El cielo se ponía
cada vez más oscuro, porque faltaba ya poco para la
noche. Soplaba un viento helado, y del cielo empeza-
ron a caer copos de nieve. El rey ni siquiera se daba
cuenta de que, entre tanto, había llegado el invierno.

El pobre rey se vio perdido. Había ido a parar a un
gran brezal. Los nevados arbustos parecían extrañas
y misteriosas figuras. Pero el rey estaba demasiado
triste y cansado para asustarse.

Al cabo de un rato vio relucir y centellear algo entre las matas. Parecía un pedacito de plateada luz de luna, y saltaba tan deprisa de un lado a otro, que apenas se le podía seguir con los ojos.

Cuando estuvo más cerca, el rey distinguió que ese pedacito de luz de luna tenía brazos y piernas y una gran cabezota llena de pinchos, como un cardo o un erizo. El pequeño ser miró al rey con sus brillantes ojitos de estrellas, y su cara formó mil simpáticas arruguitas al moverse. Pero lo más sorprendente de ese personaje era su enorme bocaza, que se abría de continuo como el pico de un pajarito hambriento.

—¿Quién me invita? ¡Ay! ¿Quién me invita? —gritaba sin cesar el hombrecillo, con voz fina y crepitante—. ¡Tengo un hambre horrible! Si nadie me invita pronto a comer, tendré que tragarme a mí mismo…

Y abrió la boca de manera tan desmesurada, que no solo la cabeza, sino también toda su flaca figura desapareció detrás del agujero.

—Me he extraviado —dijo el rey—. Dime, por favor, cómo puedo salir de este brezal.

—De aquí no sale nadie —respondió el hombrecillo—, como no sea conmigo. Y yo solo puedo salir si alguien me invita a comer.

El rey rebuscó en su mochila, pero estaba vacía.

—Lo siento. No me queda nada —dijo el rey amablemente—. De lo contrario, con mucho gusto te daría un bocadillo.

—¡Uf, qué porquería! —exclamó aquella especie de duende, con descaro—. ¡Eso no me lo tomaría de ninguna manera! Por lo visto no me conoces, ¿eh? No sabes lo que a mí me gusta. Y... ¿se puede saber qué buscas por aquí?

—Busco a alguien capaz de librar a mi hija Dormilina de sus feos sueños —contestó el rey.

El hombrecillo de luz lunar dio un brinco y, de repente, se mostró muy cortés.

—¡Qué suerte, qué requeterrequetesuerte! —bisbisó la criatura—. Así que hoy mismo tendré algo rico que comer... ¡Me invitan, me invitan...! ¡Corre, dame tu abrigo! Y también tus botas. ¡Ah!, y tu bastón, para que pueda acudir a la invitación.

El rey estaba tan atónito, que se lo dio todo sin discutir.

—Piensas que quiero apoderarme de tus cosas sin más ni más, ¿eh? —rio el pequeño ser—. Y así es, de momento. Pero no soy ningún ladrón. Pronto verás lo bien que has hecho en no negarme nada. Con ello nos has ayudado a los tres: ¡a ti mismo, a tu hija y, sobre todo, a mí, el Tragasueños!

El hombrecillo silbó, hizo un chasquido con la lengua y, antes de que el rey pudiese preguntar lo que significaba todo aquello, había transformado las cosas: el abrigo era ahora una hermosa hoja de papel blanco; el bastón, una imponente pluma, y las botas, un tintero gigante.

El duende introdujo la pluma en el tintero y, con la velocidad del viento, escribió lo siguiente en la gran hoja de papel:

«Tragasueños, Tragasueños,
ven con tu cuchillo de asta
y tu tenedor de cristal
y abre esos labios pequeños...
Cómete los malos sueños
que de noche me dan miedo.
Deja los sueños felices
para mí, yo te lo ruego.
Si así lo haces, Tragasueños,
volverá a mí el buen humor,
y por eso, Tragasueños,
tú serás mi invitado...
¡el invitado de honor!»

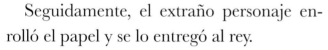

Seguidamente, el extraño personaje enrolló el papel y se lo entregó al rey.

—Ahora —ordenó— corre al cuarto de Dormilina y dile que recite el verso. Espero tener pronto en mi estómago un sueño de esos tan pesados para otros y sabrosos para mí. ¡Ya se me está haciendo agua la boca! Pero, hombre, no te quedes ahí parado! ¡Echa a correr ya!

—Es que… ¿sabes? —contestó el rey, preocupado—. Cuando llegué aquí, hacía ya mucho tiempo que viajaba. Mi castillo está al otro lado del mundo. ¡Tardaré mucho en llegar junto a Dormilina!

—¡Uf, qué lentos y fastidiosos sois los hombres! —gruñó el plateado duende—. ¡Yo no puedo moverme de aquí mientras no me llamen leyendo en voz alta esta invitación!

—¿Qué hacemos, pues? —preguntó el rey, desanimado.

—¿Sabes qué? —dijo riéndose—. Puedes llamarme tú, en nombre de tu hija.

—¿Crees que eso servirá?

—Hemos de probarlo —dijo el hombrecillo—. ¡Anda, empieza ya!

Sacó de su bolsillo derecho un cuchillito de asta y del izquierdo un tenedorcito de cristal, y se colocó en posición de partida.

El rey desenrolló la gran hoja de papel y quiso empezar a leer, pero entonces se le ocurrió algo y bajó las manos.

—Escucha, Tragasueños —dijo con angustia—. Cuando tú te hayas ido, ¿qué será de mí? Nunca encontraré el camino de mi casa desde aquí. Y no tengo abrigo ni zapatos. ¿Quieres que muera de frío?

—¡Bah, bah, bah! —refunfuñó el hombrecillo—. ¡Qué poco prácticos sois los hombres! Mira, súbete a mis hombros y yo te llevaré.

El rey era bastante corpulento y dudaba mucho de que el diminuto ser pudiera transportarle. Pero no tenía más remedio que intentarlo. Se sentó con precaución sobre los puntiagudos hombros del duende, desenrolló el papel y leyó en voz alta la curiosa invitación.

Apenas pronunciada la última frase, el Tragasueños salió volando, disparado por los aires.

—¿Ves como puedo? —chillaba—. ¿Lo ves?

—D… d… dime —tartamudeó el rey, casi sin aliento, a la vez que se sostenía el sombrero—. ¿Es… cierto que tú te co… comes los malos sueños?

¡Sssssmmmm! Ahora volaban por encima
del Polo Norte.

–¡Ya lo creo! ¡Con rabo y todo! –dijo el duende–.
¡Cuanto peores y más largos son, mejor!

¡Wuiiiiiiiiiii! Atrás quedaba América.

–¿Y los sueños dulces y buenos –preguntó el rey,
a quien ya le faltaba el aire–, no te gustan? ¡Qué raro!

–¡Nada raro! –jadeó el Tragasueños, también un poco cansado–.
¿Acaso no sabes que lo que más les gusta a los erizos son las serpientes
y los caracoles? Podrías decir, pues, que soy un erizo de los sueños.
Por eso me gustan las pesadillas. Así soy, y esa es mi labor,
¡y basta!

¡Huissssshhhhhhhh! Pasaban por encima de África.

–P… p… pero ¿por qué…? –balbuceó el rey, que no
salía de su asombro–. ¿Por qué no acudes tú solo,
sin que te llamen, a donde hay malos sueños?

–¡Ya te lo dije, caramba! –resolló el duende–.
Solo puedo ir si me invitan. Yo solo tomo
lo que me dan…

¡Pum! De golpe, el mundo volvió a estar quieto.

Cuando el rey miró en derredor suyo, se encontró en el suelo de la habitación de su hijita. La reina estaba sentada a la cabecera de la cama de Dormilina, y las dos le miraban con gran asombro.

–¡Ya lo tengo! –gritó el rey, enseñándoles el papel escrito.

Y los tres se abrazaron emocionados.

Desde entonces, la princesa Dormilina, cada vez que tenía miedo de algún sueño malo, leía en voz alta la invitación. Nunca llegó a ver al misterioso personaje, pero a veces, mientras se dormía, oía una vocecilla fina y crepitante que decía:

—¡Duerme tranquila, hijita! Yo vigilo. ¡Y muchas gracias por la invitación!

El Tragasueños debía de estar realmente allí, porque la princesita no volvió a tener ni una sola pesadilla. Sus mejillas se pusieron coloradas y redondas como antes, y todos los habitantes de Dormilandia se sentían orgullosos de ella, porque nadie dormía tan bien como la princesa.

Y para que todos los demás niños puedan llamar al Tragasueños si lo necesitan, el rey mandó escribir e imprimir toda la historia en forma de libro, con los versos y todo.

Y aquí lo tenéis.

Michael Ende nació en 1929 en Garmisch-Partenkirchen y falleció en Stuttgart en agosto de 1995. En esos tiempos triviales y desalmados reconquistó los reinos casi perdidos de lo fantástico y de los sueños para los niños y adultos y adquirió la fama mundial con libros como *La Historia Interminable* y *Momo*.

Hoy figura entre los autores alemanes más conocidos y siempre fue un autor polifacético. Además de libros para niños y jóvenes, ha escrito textos poéticos para álbumes, libros para adultos, obras de teatro, libretos de ópera y poemas. Muchos de sus libros fueron adaptados al cine, la radio y la televisión. Obtuvo muchos premios tanto alemanes como internacionales por el conjunto de su obra literaria. Sus libros han alcanzado hasta hoy una tirada de más de 20 millones de ejemplares en todo el mundo y se han traducido en 40 lenguas.

Annegert Fuchshuber (1940-1998) quiso ser ya de niña «fabricante de álbumes ilustrados». Pero su trabajo como grafista en una agencia de publicidad no le dejaba tiempo suficiente para la fantasía y la creatividad. Entonces empezó sola a escribir e ilustrar libros para niños. Se distinguió por un estilo de ilustración muy personal y se convirtió en una de las ilustradoras alemanas más importantes. Sus libros fueron editados en numerosos países. En 1984 obtuvo el Premio Alemán del Libro Infantil.